しかえししないよ

日野原重明　詩

いわさきちひろ　絵

もくじ

しかえししないよ

いのちは目には見えないけれど
めいめいが感じとれるもの
君も感じられるはず
自分がいのちを持っていることを

いのちは自分がもっている時間だよ
そう私は十歳になる君に話したね

いのちを大切にするとは
いのちを上手に使うこと
つまり君のもつ時間を
君だけでなく誰かのために使うこと

いじめは友だちのもつ時間を奪い
いのちを傷つけるもの
だからいじめは止めようよ

そして
たとえ誰かにいじめられても
殴り返したり
言葉でやり返すことはやめて
じっとこらえてこう言おうよ

僕は、しかえししないよ
いっしょにグラウンドに出て
サッカーをしようよ

誰かの時間と
君の時間がいっしょになって
君のいのちが膨らむんだよ

平和の輪

平和を愛する人は
自分のいのちを大切に育み
見知らぬ友《ひと》のいのちをも愛する

平和を愛する人は
他の国々の人のいのちを大切にし
違った民族のいのちをも愛する

愛は地球上に住む
人々の心を結び
平和を愛する子らは
愛の輪を空高く投げる

平和の鳩は子らの投げた
平和の輪を嘴《くちばし》に受けて
空高く輪を画《えが》きつつ
夕《ゆう》陽《ひ》の沈む西の空に消えて行く

ちひろ

スキップ

私は95年も前のことを
今でも懐かしく想い出す

神戸のランバス幼稚園で
私が初めてスキップができた時
一番喜んでくれたのは
星ぐみ担任の塩田先生だった

「夕空晴れて　秋風吹き」という
スコットランド民謡のメロディーにのり
皆と手をつないで
初めてスキップできた

あの時のさわやかな気持ちは
今でも忘れられない

そう言えば　同じ組に
腕力の強いさんちゃんがいて
時々　いじめられた
でも一緒に手をつないで
スキップすると
何もかも忘れて
また仲よしになれた

スキップって仲良しの遊びだね

ちひろ

子どもはアート

子どもは二万二千の遺伝子をもって生まれる
その数多くの遺伝子の
どれが花咲き
どれが生涯を通して眠ったままなのか

他にかけがえのない　世界にただ一つの
この子どもを咲かせるものは
子どもの体の中にあるよき遺伝子を
ひたすらよき環境の中で育《はぐく》むこと

この子どもにしか
咲かない
淡いピンクの
花びらをもつ
コスモスを
みんなで協力して
育み咲かせようよ

秋のコバルトの蒼穹《そら》を背景に

受ける愛と与える愛

生まれた子どもは親から愛され通しです

子どもはやがて成長し
愛する思いを持つ青春期を迎えます

愛される人から
愛する人になる
それが青春です

人が成長すると
いうことは
愛する愛から
捧げる愛の側に回ること

しかし　苦しいこと
悲しいこと
寂しいことに触れ
齢を重ねると
また同情の愛がほしいと思う

愛といのち

愛を感じられる人
その人は
人を愛せる人

人を愛せる人
その人は
いのちを感じられる人

愛といのちは
頭では理解できない
数字では表せられない
心だけが感じられるもの

豊か過ぎる国に住む人は
貧しい国で飢えている人が見えない
病んだことのない人には
病む人の心の痛みは感じられない

愛といのちの二つは
愛する人を亡くした人
貧しく生きている人
そして病む人にこそ切に感じられる

愛を感じられる人になろう
いのちを感じられる人になろう
愛を失った人や病む人の友になろう

無償の愛

―お返しの愛から人に与えっぱなしの愛へ―

日本人は受けたもらいものに対してお返しをする
相手に何かを贈るとき
心の中のどこかで
何かの返礼を期待してはいないか

人に与えっぱなしの愛
それがほんものの愛
それは報いを望まないもの

ちょうど母親が
幼子《おさなご》に無心に頬を寄せる如《ごと》く

無償の愛
それが本当の愛なのだ
人から何かをしてもらったら
その受けた愛はほかの誰かへ贈ろう

短い人生もある

短い人生を
美しくつくって死んでいった人がある
私はあの二十歳すぎの青年を忘れることができない

「僕は先に天国に行ってママを待っているよ」と
そう言って彼は
優しい母の看護の下に短い人生を終えた

彼の短いいのちの中には
限りない
人生があった

いのちと死は一つ

人生は川の流れ
人のいのちは山奥の泉から湧きいで　小さな渓流となり
流れる水は石にぶつかると飛び上がり　鮎のように跳ねる

渓流は山の傾斜がなだらかになると
成長した子どものように　柔らかく静かに流れて行き
ひなびた里を貫き　一部は田んぼに誘われる

川幅が大きく拡がると
中洲を生じて大きく彎曲《わんきょく》し
穏やかな流れとなって下って行く

水が河口の海に近づくと
満潮時には塩気をもつ海の水と混ざり合いながら
静かにたゆたう

河口近くの水は
引き潮には川の真水を保って
泉の源泉の水のいのちに繋がっている

川となって流れていく人の命
河口ではいのちの水と死の海の水と大きくシーソーゲームをし
やがては人の死は海に受け入れられる

人の生と死とはついには一体となり
自然の生物すべてが生まれた母なる海へ帰って行く
その海は遥かかなたの水平線上で天と連なる

メメント・モリ

生の延長線に死があることを
覚えていますか

その気づきが早ければ
人は死への心の準備ができる

親しい友が急逝したとの報を受けて
初めて気づく　死は他人事ではないことを
私たちは体の中に死の種を持って生まれている
詩人リルケの言葉
「子どもには小さな死が　大人には大きな死が」

皆死を孕《はら》んで生きているのだ
だが　動物は自分の死を知らない
樹には千年もの大樹があるが
夏蟬はわずか二週間の短い命を激しく鳴く

「死を想え《メメント・モリ》」
カトリックの神父やシスターの
互いに交わすこの日常の言葉を
私も親しき友と交わそう

新しい友との出逢い

どんなに齢をとってからでも

老いてからの
友との出逢いの素晴らしさを
あなたは体験しましたか

今までやったことのない
学習や遊びの交わりに加わり
老いを創ることを体験し

自分の中に潜む　遺伝子の芽を掘り出して
その芽が成長していくのを発見する喜びは
なんとうれしい感激でしょうか

そうした親しい友との出逢いは
決して偶然ではないのです

新しい交わりの学びの場に自分を投入するという
あなたの勇気ある行動が勝ち取った
実のある出逢いなのです

あなたの実りある第三の人生が
これから始まることが
あなたにはしっかりわかってくるでしょう

幸福とは

幸福とは
持ちものではなく
幸福だと感じる心
真《まこと》の幸福とは
心の中に溢れる幸福感だ

希望を
たとえそれが小さくても
友に与えよう
なにがしかを人に与えられれば
心に新たな幸福感が生まれる

大きく腕を振って歩く姿
そこに生まれるのが
あなたのいのちの幸福感だ

読者のみなさんへ
「しかえししないよ」に込めたもの

今ここに、画家のいわさきちひろさんの協力を得て、とても素敵な詩画集が出来上がりました。ちひろさんの絵とともに、ここに収められた詩は、私が九十四歳から一〇四歳までの十年間に書き溜めた数多くの詩（集めるとダンボール箱がいっぱいになるほどです）の中から選んだものです。

現在、世界中のあちこちで、テロや戦争がおきています。私たち日本人は先の不幸な戦争の体験から、平和こそがいのちを守るものだと覚りました。どうすれば、いのちを粗末にする争いごとをやめられるのか。やられたら、より強い力でやりかえすのではなく、ぐっとこらえてやりかえさないこと。これこそが、真の強さではないでしょうか。そんな想いから、この詩画集に「しかえししないよ」という題をつけることにしました。

私はこの十月には一〇五歳になります。八十年以上医療に従事し、生と死をみつめ、いのちの尊さを感じ、広く愛と平和を訴え、子供たちにいのちの大切さを語ってきました。この詩画集には私が今どうしても伝えたいメッセージがこめられています。私のメッセージが、時代を超えて多くの人々の心に届き、身近なものへの優しい気持ち、いのちを尊ぶ気持ちが、世界の平和につながっていくことを願っています。

私よりも少し後に生まれたいわさきちひろさんも、戦争を憎み、平和を強く望んだ方です。そのいわさきちひろさんの絵には、いのちを慈しむ愛情が溢れています。いわさきちひろさんが絵に込めた想いと、私が詩に込めた想いが合致して、何百倍もの力を得たような気がします。

私の詩といわさきちひろさんの絵を何度となく味わっていただければ幸いと思います。

二〇一六年二月　日野原重明

装幀・本文レイアウト　田中久子

いわさきちひろの作品の初出は、次のとおりです。
（ページ数、タイトル、制作年、書名・雑誌名、出版社名）

表紙	はなぐるま　1967年　絵雑誌「こどものせかい」 1968年4月号　至光社
1	草むらの小鳥と少女　1971年　カレンダー 1972年版5・6月
2.3	蝶の舞う野原　1968年　雑誌「ペットのあるくらし」 1969年2月号　ペットのあるくらし社
5	のぼり棒　1970年　副読本「しょうがくしゃかい 1　たろうとはなこ」 日本書籍
6.7	かけっこ　1970年　副読本「しょうがくしゃかい 1　たろうとはなこ」 日本書籍
8.9	夜の国で青い鳥をつかまえるチルチルとミチル　1969年　世界文化社
12.13	「このあしたん」 1969年　『ドレミファブック10』 世界文化社
14.15	コスモスのなかのふたり　1970年　小冊子「幼児の世界」（「ワンダーブック」付録） 1970年9月号　世界文化社
17	「マリちゃんの歩いた夢」 1972年頃　レコードジャケット「マリちゃんの歩いた夢」 キングレコード
18	木の葉と子どもたち　1972年　雑誌「子どものしあわせ」 1972年11月号　草土文化
20.21	お母さんと湯あがりのあかちゃん　1971年　広告
22.23	枯れ草と少年　1970年　小冊子「幼児の世界」（「ワンダーブック」付録） 1970年12月号　世界文化社
26.27	海とふたりの子ども　1973年　『ぽちのきたうみ』 至光社
29	すすきと夕焼け　1972年　教科書「改訂標準国語　三年下」 教育出版
31	チューリップのなかのあかちゃん　1971年
34.35	蝶の舞う野原　1968年　雑誌「ペットのあるくらし」 1969年2月号　ペットのあるくらし社
裏表紙	春の庭　1969年　カレンダー 1970年版4月

詩／日野原重明　ひのはらしげあき

一九一一年山口県生まれ。一九三七年京都帝国大学医学部卒業。一九四一年聖路加国際病院の内科医となる。聖路加国際大学名誉理事長、聖路加国際病院名誉院長、一般財団法人ライフ・プランニング・センター理事長を務める。一九九九年文化功労者、二〇〇五年文化勲章受章。著書に『生きかた上手』『死をどう生きたか――私の心に残る人びと』『いのちと平和の話をしよう』、子どもたちに向けての本に『十歳のきみへ――九十五歳のわたしから』『いのちのおはなし』『いのちのバトン――九十七歳のぼくから君たちへ』『だいすきなおばあちゃん』など多数。二〇一七年七月逝去。享年一〇五歳。

絵／いわさきちひろ

一九一八年福井県生まれ、東京で育つ。東京府立第六高等女学校卒業。藤原行成流の書を学び、絵は岡田三郎助、中谷泰、丸木俊に師事。一九五〇年、紙芝居『お母さんの話』を出版、文部大臣賞受賞。一九五六年小学館児童文学賞、一九六一年産経児童出版文化賞、一九七三年『ことりのくるひ』でボローニャ国際児童図書展グラフィック賞等を受賞。一九七四年死去。享年五十五歳。一九七七年、ちひろ美術館・東京開館。一九九七年、安曇野ちひろ美術館開館。約九五〇〇点の作品が収蔵されている。代表作に『あめのひのおるすばん』『おふろでちゃぷちゃぷ』『戦火のなかの子どもたち』など。

◎ちひろ美術館・東京
東京都練馬区下石神井四―七―二
電話　〇三―三九九五―〇六一二
◎安曇野ちひろ美術館
長野県北安曇郡松川村西原三三五八―二四
電話　〇二六一―六二―〇七七二
http://www.chihiro.jp/

しかえししないよ

二〇一六年四月三十日　第一刷発行
二〇二三年五月二十日　第四刷発行

詩　日《ひ》野《の》原《はら》重《しげ》明《あき》
絵　いわさきちひろ
発行者　宇都宮健太朗
発行所　朝日新聞出版
〒一〇四―八〇一一　東京都中央区築地五―三―二
電話　〇三―五五四一―八八三二（編集）
〇三―五五四〇―七七九三（販売）
印刷製本　大日本印刷株式会社

ISBN978-4-02-251366-3
定価はカバーに表示してあります。
落丁・乱丁の場合は弊社業務部（電話〇三―五五四〇―七八〇〇）へご連絡ください。
送料弊社負担にてお取り替えいたします。